ROSEANA MURRAY e
SUZANA VARGAS

Ilustrações: Marilda Castanha

PORTA A PORTA
correspondência

Coleção Jabuti Vida

3ª edição
Conforme a nova ortografia

Editora Saraiva

Editora: CLAUDIA ABELING-SZABO
Assistente Editorial: NAIR HITOMI KAYO
Suplemento de trabalho: ROSANE LÍMOLI PAIM PAMPLONA
Supervisão de revisão: LIVIA MARIA GIORGIO
Edição de arte: NAIR DE MEDEIROS BARBOSA
Diagramação: MAURO MOREIRA
Impressão e Acabamento: SÃO FRANCISCO GRÁFICA E EDITORA

Dados Internacionais de Catalogação na Publicação (CIP)
(Câmara Brasileira do Livro, SP, Brasil)

Vargas, Suzana
Porta a porta : livro do professor / Suzana Vargas, Roseana Murray; ilustrações Marilda Castanha. — 3. ed. — São Paulo: Saraiva, 2009. — (Jabuti)

ISBN 978-85-02-02712-1

1. Literatura infantojuvenil I. Murray, Roseana. II. Castanha, Marilda.
III. Título. IV. Série.

CDD-028.5

Índices para catálogo sistemático:

1. Literatura infantojuvenil 028.5
2. Literatura juvenil 028.5

3ª edição, 4ª tiragem
2017

Editora Saraiva

SARAIVA Educação Ltda.
Avenida das Nações Unidas, 7221 – Pinheiros
CEP 05425-902 – São Paulo – SP – Tel.: (0XX11) 4003-3061
www.editorasaraiva.com.br

CL 810086
CAE 603369

Para Ana Paula, Daniela e Júlia
com nosso beijo mais azul
Bárbara Suzana
e Clara Roseana

Rio, mês de março.

Clara, amiga...

Não é milagre. Decidi escrever pra você só por um motivo: é que hoje não fui à aula, teve greve de ônibus e fiquei por aqui mesmo, olhando para as paredes e ouvindo as reclamações da minha mãe por causa da baguça que eu faço sempre que estou em casa. Tenho um monte de coisas pra fazer e nenhuma vontade de nada. Tudo o que eu havia planejado foi por água abaixo: encontrar o Dani depois da aula, capoeira, ginástica etc. etc. etc.

Tá um calor dos diabos. O jeito foi ligar o ar-condicionado e ficar tentando fazer coisas: coloquei bem alto o disco do Bob Marley pra transcrever as letras das músicas, mas minha mãe disse que tinha que trabalhar e não podia com o barulho. Depois tentei jogar paciência, mas ela (mamãe) disse que eu precisava arrumar o guarda-roupa. É demais pra mim! Antes tivesse ido à aula! O problema é que ela (mamãe!) só pensa em trabalho e morre (acredita?), morre de inveja quando me vê sem fazer nada. Isso eu já saquei legal nela. E o meu pai, então? O dia inteiro na frente daquele computador! Arg!

Clara, você deve estar achando que escrevo só pra me queixar, e não é bem isso. Aí acontece a mesma coisa? Talvez não, porque você pelo menos tem os seus bichinhos. Já eu sou doida por um cachorro e nunca, NUN-CA pude ter um. O prédio proíbe. A mãe proíbe. Ai, meu Deus.

Mas estou aqui, encerrada no meu quarto enquanto lá fora pensam que eu tô arrumando as roupas! É a minha vingança.

Tem muita coisa que eu podia fazer, mas no lugar onde moro, sem ônibus não posso ir pra canto nenhum. Estou me sentindo uma leoa na jaula. Se pelo menos eu pudesse sair de bicicleta... Mas isso é que não iam deixar mesmo! Tem muito carro na rua, e eles — os raladores — têm medo que algum carro me atropele.

E você? Finalmente pergunto por você! Como vai aí no mato? Francamente! Não sei como você aguenta. Já ficou com aquele garoto da última carta? Tem algum gatinho na tua turma? Pô! Escreve pra mim! Olha, eu amo receber cartas e ninguém me escreve...

Também... eu não escrevo nunca pra ninguém... É falta de tempo mesmo. Vê só: hoje eu precisei da greve pra parar um pouco e pensar em você.

Mas juro que não vai ser sempre assim. É que às vezes não sei fazer outra coisa senão ficar parada, pensando no Dani... Você acredita que ele me deu um sutiã de presente? Só porque eu vi numa vitrina e gostei... Minha mãe adora ele!

Já eu... gosto, não adoro. Ele, às vezes, é certinho demais. No carnaval até chorou. E sabe por quê? Porque eu e a Mariana íamos pra Bahia com a avó dela. Não é incrível?

Vou terminar a carta. É que a minha mãe já está me chamando de novo. Quer que eu vá comprar umas coisas no supermercado e ainda está reclamando que o ar está ligado há um tempão e a conta de luz vai estourar no fim do mês. Que saco!

Escreve pra mim. Resolvi colecionar selos, espero o teu.

Um beijo bem grande da sua sempre amiga,

Bárbara

2

Vale do Pavão, março.

Bárbara queridíssima,

você não pode imaginar a alegria que senti ao receber tua carta. Na verdade, por aqui nada acontece, e uma carta é quase uma festa.

Você sabe, na montanha não é tão quente nem tem greve de ônibus. Tem feito uns dias bonitos e, às vezes, tomo banho de rio. Estou louca pra você vir e já sonho com as férias... Me sinto um pouco só. Minha mãe está sempre às voltas com a sua tecelagem. E depois que meus pais se separaram e viemos pra cá tentar a vida, parece que a nossa família ficou tão pequena. Só nós duas. Mas ainda bem que tínhamos esta casa e que meu pai e minha mãe chegaram a um acordo e pudemos ficar com ela. Seria impossível pagar dois apartamentos na cidade; meu pai está ganhando pouco e assim ficou tudo solucionado.

Quando você me conta da confusão que é a tua vida dá até uma certa inveja. Aqui, o silêncio é tão grande e ao mesmo tempo é como se fosse um tapete mágico em que o pensamento viaja.

Bárbara, tenho um segredo pra te contar. Aconteceu uma coisa maravilhosa comigo.

Outro dia, o Tom, um menino da minha sala por quem TODAS estão apaixonadas, me convidou pra dar uma volta com ele a cavalo. Ele sabe que eu tenho o Poeira. Às vezes, acordo mais cedo, pego o Poeira no pasto e vou pra escola com ele. Sempre que faço isso não me arrependo. De manhãzinha o ar é fino, e o Poeira me entende; eu amo dar umas galopadas e quase nem preciso pedir. Então, o Tom já tinha elogiado o meu cavalo; aí ele perguntou se eu montava há muito tempo e eu contei pra ele que nós temos o sítio desde que eu era pequena e que sempre montei. Ele veio da cidade também. Os pais dele abriram um restaurante aqui. De vez em quando, eu e o Tom conversamos. Todas ficam roxas de inveja quando ele para tudo pra falar comigo. Eu fico roxa de confusão, porque acho ele lindo, o máximo.

Então, ele me convidou pra dar uma volta com ele, no sábado, a cavalo. Eu aceitei. Isso foi terça-feira. A gente marcou um lugar pra se encontrar, pois ele mora num outro vale. Eu contava os dias, cada hora, cada minuto, cada segundo. No dia, eu estava super ansiosa. Coloquei uma roupa, me achei horrível, tirei, vesti outra. Esvaziei o armário em cima da cama, minha mãe até riu. Finalmente consegui me achar razoável.

Estava um dia superbonito. Ele já estava lá, no lugar marcado, quando eu cheguei. Daí, ele me perguntou se eu não queria dar um mergulho num poço maravilhoso que ele tinha descoberto. Fomos. O poço era mesmo maravilhoso. Vou te levar lá quando você vier. Descemos uma trilha superíngreme e vou te dizer: ele monta bem. O nome do cavalo dele é Sertão. Amarramos os cavalos. Tiramos a roupa. Mergulhamos. Quando saímos, ele me disse: "Ainda bem que tem sol. Você está toda arrepiada". Ele me olhou com uns olhos...

Eu ri e fiquei com vergonha. Assim que fiquei mais ou menos seca e já íamos montar, ele me disse: "Espera aí, deixa eu ajeitar teu cabelo". E me deu um beijo maravilhoso.

Bárbara, nunca tinha me acontecido antes. Parecia que o mundo era só de água ou só de nuvem. Estou completamente apaixonada.

Que pena, mas vou ter que parar esta carta, pois a tarde cai e está na hora de regar a horta.

Por favor, vamos nos escrever sempre. Morro de saudades de você, de todo mundo, da escola, do tumulto. Aqui é como se a gente estivesse morando num outro planeta.

Um milhão de beijos da sua amiga,

Clara

P.S.: Muito legal você colecionar selos. Estou te mandando alguns (que eu mesma fiz!) pra rechear tua coleção.

Rio, abril.

Clarita,

você já reparou como Rio rima com abril? Eu não me ligava nessas coisas, mas é que na escola estou aprendendo versificação e não consigo mais escrever uma linha sem ouvir os sons das palavras. Engraçado, não?

Tua carta demorou um pouco a chegar. Foi parar no apartamento 803, só que do outro bloco. Quando fui buscar, tive a maior surpresa: tem dois garotos novos morando ali. Já viu, né? Fico até torcendo pra que da próxima vez o porteiro se engane de novo.

Adorei as novidades; tua carta parece uma pintura. Esse negócio de ir pra escola a cavalo é genial e aquele de tomar banho no poço com o Tom (é assim mesmo?), lindo! E o beijo, então...

Hoje não estou tão desesperada como no dia em que te escrevi. Tive um domingo legal. Fui à

praia com a minha turma daqui do prédio. Almoçamos numa lanchonete lá de Ipanema e depois fui ver um superfilme (só eu e o Dani). Adoro cinema e namorar lá dentro é melhor ainda. Quando vou, saio empolgadíssima. Dá vontade de escrever roteiros, novelas. De novela, já gostei mais. É que parece tudo a mesma coisa.

A vida por aqui até que melhorou. Meus pais deram um tempo nas brigas. Mamãe tem viajado bastante e não pega tanto no meu pé. Mas nem tudo são flores, e a minha irmã voltou à carga. Brigamos por tudo. É que sou muito bagunceira e ela é toda metida a certinha, só porque tá na faculdade e transa com o namorado! É uma babaca. Outro dia ficou uma fera porque eu usei um vestido dela. É que eu me esqueci de guardar e ele acabou ficando no chão do quarto até a hora dela chegar. Já viu tudo, né?

Você é que é feliz. Não tem irmã pra te criticar o tempo todo e só vê seu pai de vez em quando... Sim, porque aí tudo fica às mil maravilhas.

Clara, vou te contar um segredo. Sabe, às vezes, gostaria que meus pais se separassem. Não consigo entender casamento, cara! Parece tão triste assim... Cada um na sua... Amiga querida: acho que não quero me casar nunca!

Ultimamente tenho tido uns desejos de morar longe, longe, de ter 18 anos, como minha irmã. Tenho vontade de sumir — só um pouquinho. De ficar sozinha e livre. Até do Dani.

Mas isso são só desejos. A verdade verdadeira é que tenho de ficar aqui e aguentar, até porque adoro tudo isso. Coisa de maluca, não?

A novidade boa mesmo é que na escola estão formando um grupo de teatro e eu me candidatei. Vou fazer um teste na quinta-feira que vem. Quem sabe você ainda não vai me ver na televisão?

Meu pai prefere que eu seja médica, só porque uma vez me viu brincando de enfermeira, pode isso? Já minha mãe não se importa muito, não. Ela diz que eu devo escolher a profissão que eu quiser, aquela que me der mais prazer. Até que nesse ponto ela não é tão ruim... Só tem a mania de que eu devo ser "profissional". Se eu disser que quero ser cantora, por exemplo, ela vem com a história de que eu tenho que fazer cursos, tenho que ler, conhecer música... E assim tudo fica bem oficial e acabo desistindo.

E você, Clara, o que você quer ser?

Bem, já é noite. Da minha janela posso ver uma lua bem redonda e vermelha surgindo no meio dos prédios, quase como um sol, e uma ou outra estrela nesse céu daqui. Vou acabar de fazer meus "deveres" que interrompi pra escrever pra você. O Dani prometeu ligar e, até agora, nada!

Escreve pra mim. Conta mais coisas. O próximo capítulo do Tom.

Beijos azuis,

Bárbara

P.S.: Manda a próxima carta de propósito pro outro bloco. Assim tenho chance de ir pegar. E não diz nada pra ninguém.

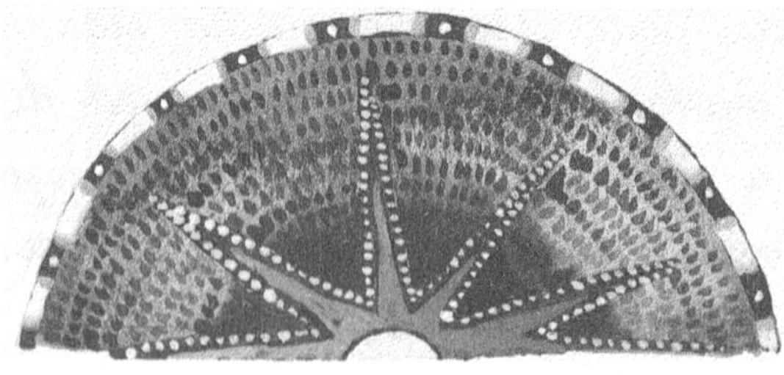

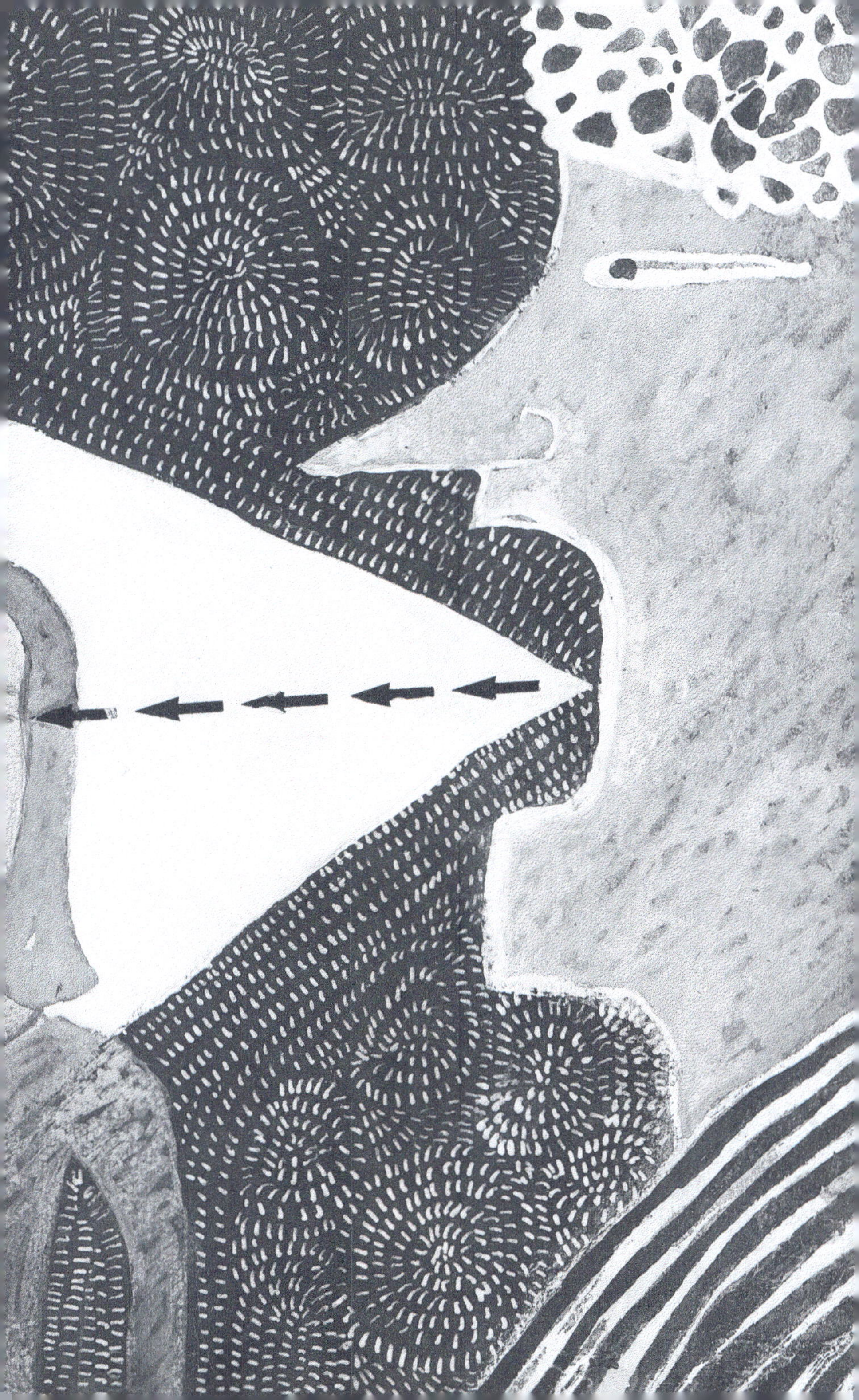

Amor à primeira vista
Amor à primeira vista
é alma trocando de corpo
feito pássaro de ninho
é sede repentina
sede da água do outro.
Roseana Murray

Vale do Pavão, final de abril.

Bárbara, minha amiga

Engraçado você falar de poesia. Ganhei do meu pai um livro de poemas, Fruta no ponto, de Roseana Murray. Tô adorando.

Você já pensou no mistério que é a poesia? E no mistério que é o amor? Às vezes, à noite, gosto de me deitar na grama e simplesmente olhar o céu. Você sabe, aqui no mato o céu é diferente, é tão imenso que a gente poderia se desmanchar nele e virar estrela também. Ando com vontade de escrever um diário. Coisas que escreveria só pra mim, porque às vezes dá umas esquisitices na gente. Você também sente isso?

Me olho no espelho e sei lá quem sou. Uma hora acho que está tudo errado comigo, tudo fora do lugar; outra hora me vejo com os olhos que o Tom me vê, e ele me acha linda. O Tom... Ele é que está me dando vontade de ler e escrever poesia. Daqui a pouco falo dele. Antes queria te dizer que eu daria tudo na vida pra ter uma irmã e ainda por cima mais velha, com toda a experiência que já deve ter. Não gosto de ser filha única e não concordo com você nessa história de pais separados. Bárbara, adoraria que meus pais ainda estivessem juntos. Era tão bom! Quero que minha mãe se case outra vez. Ela ainda é nova e eu acho ela linda. Faz uns tapetes maravilhosos que eu adoro. Aqui, no meio do mato, fico achando tão difícil ela arrumar um namorado, mas acredito em destino. Você acredita? Acho que se alguma coisa maravilhosa tiver de acontecer, vai acontecer. Acredito tanto na magia das coisas. Muito mais agora morando na montanha. Parece que a gente fica mais sensível para o que é encantado.

Eu não sei se te contei que eu e minha mãe mandamos represar água no meio de um bosque. Represamos um pouco acima e ela cai de um bambu que é feito um cano. O chão é um tapete de flores. Agora virou mania: só tomamos banho gelado ali, entre as árvores. O lugar é tão bonito que parece sagrado. Se existem elementais, juro, é ali que eles moram.

Na última carta, você falou de curso de teatro. Eu também gostaria de fazer teatro, mas aqui não tem nada disso. O Tom toca violão e prometeu que vai me ensinar. Bárbara, quando estamos juntos ele fica me ensinando umas outras coisas maravilhosas... mas não posso te dizer por carta de jeito nenhum.

Outro dia era noite de lua cheia. Ele apareceu de surpresa. Veio de bicicleta, na sua mountain bike. Chegou ofegante, todo suado, e eu fiquei muito feliz, tinha vontade de gritar. Então ele falou: "Clara, vamos caminhar até o ponto mais alto do Vale?".

Fomos. Quando chegamos lá em cima, como te descrever?, era o universo inteiro respirando no nosso corpo. Então, ficamos ali, mudos, a lua e a sua magia, e eu queria tanto poder parar o tempo. O Tom ia desembaraçando os meus cabelos, e eu pensava: o nome disso é felicidade. Depois eu não consegui dormir. No dia seguinte estava exausta na escola.

Mudando radicalmente de assunto, você nem imagina: minha cachorra Laila está grávida. Foi o seu segundo cio, e deixamos ela cruzar. Minha mãe falou que era importante pra ela. Estou louca pros cachorrinhos nascerem. Acho que vou querer carregar todos pra minha cama. Deixa eu ir. Preciso colocar comida pra Laila. Ela anda esfomeada.

Vou mandar então esta carta pro 803, bloco B. Mas, e aí, como é que fica com o Dani? Eu não tenho vontade de olhar pra nenhum outro cara. Só quero ficar com o Tom.

Saudades, saudades, saudades,

Clara

Rio, em maio.

Amiga,

aqui chove muito e fez um frio danado, de repente. Demorei pra responder a tua carta. Mais por preguiça do que por qualquer outra coisa. E também muito estudo. Levanto todo dia às 5:30h e entro na escola às 7h. Vou de ônibus e, às vezes, me atraso. Com esse frio então... O despertador toca, eu acordo, juro que vou dormir só mais um pouquinho e acabo passando da hora. Daí, é aquela correria. Acabo deixando tudo sujo na cozinha e já viu o esporro que me dão, né? A escola até que não fica tão longe, mas o trânsito já está engarrafado logo de manhã. Estou indo de mal a pior em Física e Matemática. E mais uma coisa: terminei com o Dani.

Sabe, Clara, você falou umas coisas que me fizeram pensar muito. Se a gente gosta de verdade de alguém, não pode ficar dando mole pra outros. Por falar em outros, fui buscar tua carta no bloco B e os meninos de lá me pareceram tão bobinhos! Fiquei até com saudades do Dani...

Seja como for, agora estou bem, mesmo sozinha. Saio sempre com minhas amigas. No sábado passado fomos a uma pista de patinação num shopping desses da Barra. Foi demais! E à noite... discoteca (mas só até as 11h). No domingo fui passear de bondinho em Santa Teresa com uma amiga nova, a Ana Paula (eu a chamo de Aninha). Ela mora num prédio que tem piscina, ao lado do meu e tenho ido lá nadar. É bom, mas imagino como deve ser um banho de cachoeira dentro da casa da gente! Como vai o teu namoro? A mil? Estou supercuriosa pra saber "o que" o Tom andou te ensinando que você não pode contar por carta. Continuo achando o namoro de vocês uma coisa de filme. O meu era legal, mas a gente não podia, por exemplo, sair à noite. No Rio, você sabe, tudo é muito perigoso, sem falar que o pessoal daqui de casa não confia nem um pouco em mim. Também... o que eu já menti pra eles e fui descoberta! Tudo bobagem. Hoje, quando me lembro, tenho até raiva de mim mesma.

Tem umas coisas chatas acontecendo com nossas amigas. Você se lembra da Bebel? Pois é, vai casar... E adivinha por quê?

Está grávida. Os pais dela não queriam, mas acabaram deixando. O cara tem 16 anos e está na oitava série. Uma outra amiga (que não posso dizer o nome) fez um aborto escondido dos pais. Que complicação. Tudo isso me deixa preocupada e superchateada. E ainda o problema da aids. Como é que a gente faz? Pois essas coisas me fazem pensar, pensar e dar razão, às vezes, pra minha mãe.

Mudando de assunto, que poema lindo você mandou pra mim! Cá entre nós, eu tenho escrito umas coisas. Escrevi um negócio... acho que era mais um sentimento, não sei se é poema. É tão confuso, mas muito parecido com o que, às vezes, me acontece. Olha só:

E de repente
qualquer coisa dita
qualquer coisa escrita
anotada e notada.

Começou
repentinamente
e já não sou mais eu
E já não sou mais meu.

Não sei se você vai gostar... Mas eu adorei dizer as coisas assim, com esses sons (lembra da outra carta?). Parece que eles estão dentro de mim.

Pra terminar, a grande novidade: passei no teste do teatro. Formamos um grupo e tem sido muito legal. Ando até mais calma. Representar acalma a gente. Até o clima aqui em casa mudou. Vamos encenar uma peça no fim do ano. Ainda não sei qual, mas pode ficar tranquila. Quando eu souber, te mando um trecho da peça. Quem sabe você não possa vir pra minha "estreia".

Vou terminar esta carta e tentar ir pra aula de inglês. É que, com a chuva, a rua parece um rio. Talvez precise nadar até o ponto do ônibus. Torce por mim.

Beijos chuvosos,

B.

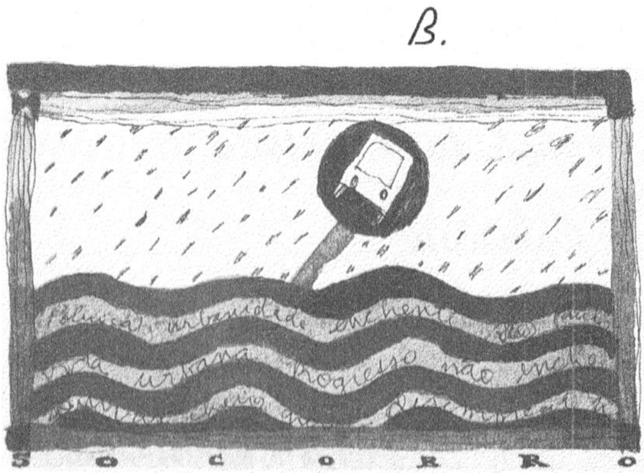

entrelinhas nas entrelinhas há nas entrelinhas o
nas entrelinhas ? linhas há nas
rocosmicus.
Microcosmum integrum constituens
Spiritualis
rationem & vitam
Diadiapason

Vale do Pavão, final de maio.

Bárbara, minha amiga

O inverno chegou e sua carta também. As noites são frias como cristal e temos que acordar antes do sol pra molhar a horta, caso contrário a geada mata tudo. Como você, eu acordo às 5:30h e revezo com a minha mãe. Um dia eu, no outro, ela. Já estamos comendo alface fresquinha, rabanete e a cenoura está quase no ponto. Sabe que fico emocionada? A terra é de fato muito generosa, e quando você está na cidade e vai ao mercado e compra tudo pronto, não faz ideia do que é preparar a terra, plantar a semente e colher. Parece que alimenta mais a gente, parece uma coisa viva, cheia de seiva.

Muitas coisas aconteceram. Tantas, que não sei por onde começar. Acho que pela Laila. Nasceram cinco filhotes e eu vi o parto. Foi uma grande emoção. Eu e minha mãe ficamos todo tempo ao lado dela. A minha mãe é engraçada; ela fala com os bichos como se fossem gente. Ela dizia pra Laila: "Nós mulheres temos isso de maravilhoso, Laila, a gente dá a vida", e a Laila olhava pra ela com aqueles olhos de quem agradece e cada vez que vinha um filhote ela lambia, lambia, lambia. Depois ficou exausta, mas muito orgulhosa. Aí quando você fala em aborto, eu arrepio, deve ser triste demais, eu acho que nunca teria coragem. Eu e minha mãe conversamos muito e, quando eu transar, quando eu achar que é o momento, vai ser bem pensado. A gente acha que isso nunca vai acontecer com a gente, mas, sei lá, é bom se cuidar, se informar, você não acha?

Vamos mudar de assunto. Aquelas coisas maravilhosas que o Tom me ensinava terminaram, porque um dia, na aula, eu o vi passando um bilhete pra uma menina que sinceramente eu odeio. Ela sempre fica com o namorado das outras.

Então, acabei o namoro e tenho certeza de que chorei mais do que toda a chuva que caiu por aí. Ele falou que não era nada sério, que gostava de mim, mas sou radical nesse ponto. Ele tinha de ficar com ela? Vieram me falar que ele estava beijando a Tina (esse é o nome dela). Tem horas que eu quero morrer, Bárbara. Tenho uma saudade tremenda dos nossos passeios, de tudo o que a gente conversava e fazia junto. Outro dia ele me passou uma carta linda no meio da aula; eu quase amoleci e desculpei tudo. Bárbara, acho que vou voltar atrás e ficar com ele outra vez. No fundo, é tudo o que eu quero. O que você faria no meu lugar? Eu sou apaixonada por ele de verdade.

Outra coisa: meu pai veio me ver. É esquisito ver os dois juntos, meu pai e minha mãe. Fico achando que eles se gostam ainda, pois ficam sem graça quando estão um na frente do outro. Eu vi quando o meu pai olhou pra minha mãe com aqueles olhos... Exatamente do jeito que o Tom me olhava. Mas eles se despediram e nada aconteceu.

Meu pai me trouxe um livro de poemas do Mário Quintana. Veja esse:

BILHETE

Se tu me amas ama-me baixinho
Não o grites de cima dos telhados
Deixa em paz os passarinhos
Deixa em paz a mim!
Se me queres,
Enfim,
Tem que ser bem devagarinho, Amada, que
a vida é breve, e o amor mais breve ainda.

Não é lindo? E eu achei o teu poema, ou o teu sentimento (como você chama), maravilhoso.

Parabéns pelo teatro. Você acredita que arrumei um professor de violão? É um homem que já deve ter quase 50 anos. Um senhor de cabelos brancos. Eu vi um cartaz na venda e fui com o Poeira até o lugar em que ele mora. Ele é músico e, quando não está viajando, fica aqui na montanha. Mora sozinho, toca violão clássico maravilhosamente bem. Já tive a primeira aula. Sabe que, se essa história da minha mãe com o meu pai estiver terminada mesmo, de verdade, vou, como quem não quer nada, convidar o Hugo (é o nome do professor) pra ir lá em casa. Achei ele o máximo, superlegal.

As férias já estão chegando e esse nosso desencontro me deixou um pouco triste. Vou pro Rio ficar com o meu pai e você deve ir pra Arraial do Cabo, como sempre, e a gente nem vai se ver. Mas ao mesmo tempo estou feliz. Ver meu pai me faz tão bem! Poder ficar com ele, conversar, a gente ir comer pizza, ir à praia... Eu amo o meu pai e morro de saudades dele.

Bárbara, é bom te escrever. Quando estou te escrevendo não penso "nele". Mas já estou pensando outra vez, porque a carta já está acabando.

Hora de molhar a horta. De manhã cedinho e no final da tarde. Nessa época não chove de jeito nenhum. Tem uns passarinhos azuis que andaram comendo as couves e os repolhos. Eu e minha mãe fizemos um espantalho engraçadíssimo. Nos divertimos muito fazendo. Pegamos retalhos, restos de linha, ficou o máximo. Quem está se sentindo um espantalho sou eu, sem o Tom pra dizer que eu sou bonita.

Mil beijos,

Clara

P.S.: Tô mandando uma foto da Laila com os cachorrinhos. Nossa, como eles comem!!

Final de junho — noite.

Cara Clara,

começo assim porque, sem querer, escrevi um poema com o teu nome. E ele é todo cheio de brincadeiras com as palavras. Mas escrevo pra você como se enviasse uma carta pra mim mesma neste dia sombrio. Tenho certeza de que você só receberá esta no final das férias. A essa hora deve estar aqui no Rio, bem pertinho de mim.

Acontece que na vida nem tudo o que a gente combina com a gente mesma ou com os outros dá certo. Quer um exemplo? Hoje eu acordei legal, tomei café e banho idem, arrumei minhas coisas e quando ia sair do prédio... quase tive que pular por cima de um homem morto, que estava bem na frente do meu portão. Você não imagina o choque, o susto que isso ainda provoca em mim, Clara. O porteiro falou que mataram o homem com três tiros, ali mesmo, de madrugada. Ele acha que foi por causa de drogas ou coisa parecida.

Seja o que for, justo ou injusto (pra mim nenhum crime é "justo", não devemos matar ninguém, sou contra a pena de morte), mesmo assim, a violência aqui é muita e todo mundo anda enlouquecido com ela.

Você sabe, eu moro em frente ao Morro do Macaco. Às vezes, dormimos "ao som de metralhadoras", como meu pai costuma brincar. Eu mesma já fui assaltada umas três vezes, e quase todos os meus amigos também. Dá vontade de mudar de país, Clara. Ou fazer alguma coisa pra essas barbaridades pararem de acontecer. Não sei, o país é tão grande e tem tantos problemas que, só de pensar no que tem pra se fazer, dá uma preguiça! Às vezes, esqueço e me entusiasmo com o Grêmio lá no colégio. Até que já tivemos algumas vitórias. Conseguimos uma sede dentro da escola e trocamos o

professor de Física, que era horrível e faltava pra caramba. Mas acho que precisamos de muito mais. Tenho vontade de me candidatar a presidente do Grêmio, mas sei lá...

Talvez esteja escrevendo pra desabafar, Clara. Sei que você já não está mais aí no Vale, mas se eu falar disso com minha irmã, ela vai rir de mim.

Amanhã vou pra Arraial, eu mais a turma (meu pai e minha mãe tiraram férias e resolveram passar julho INTEIRO comigo). Você precisa ver a minha cara de felicidade... Mas vou te escrever de lá. Mando o poema que eu fiz só de bobeira, enquanto não me candidato a Presidenta do Brasil.

Você ainda vai votar em mim.

Um beijo e até não sei quando,

Bárbara

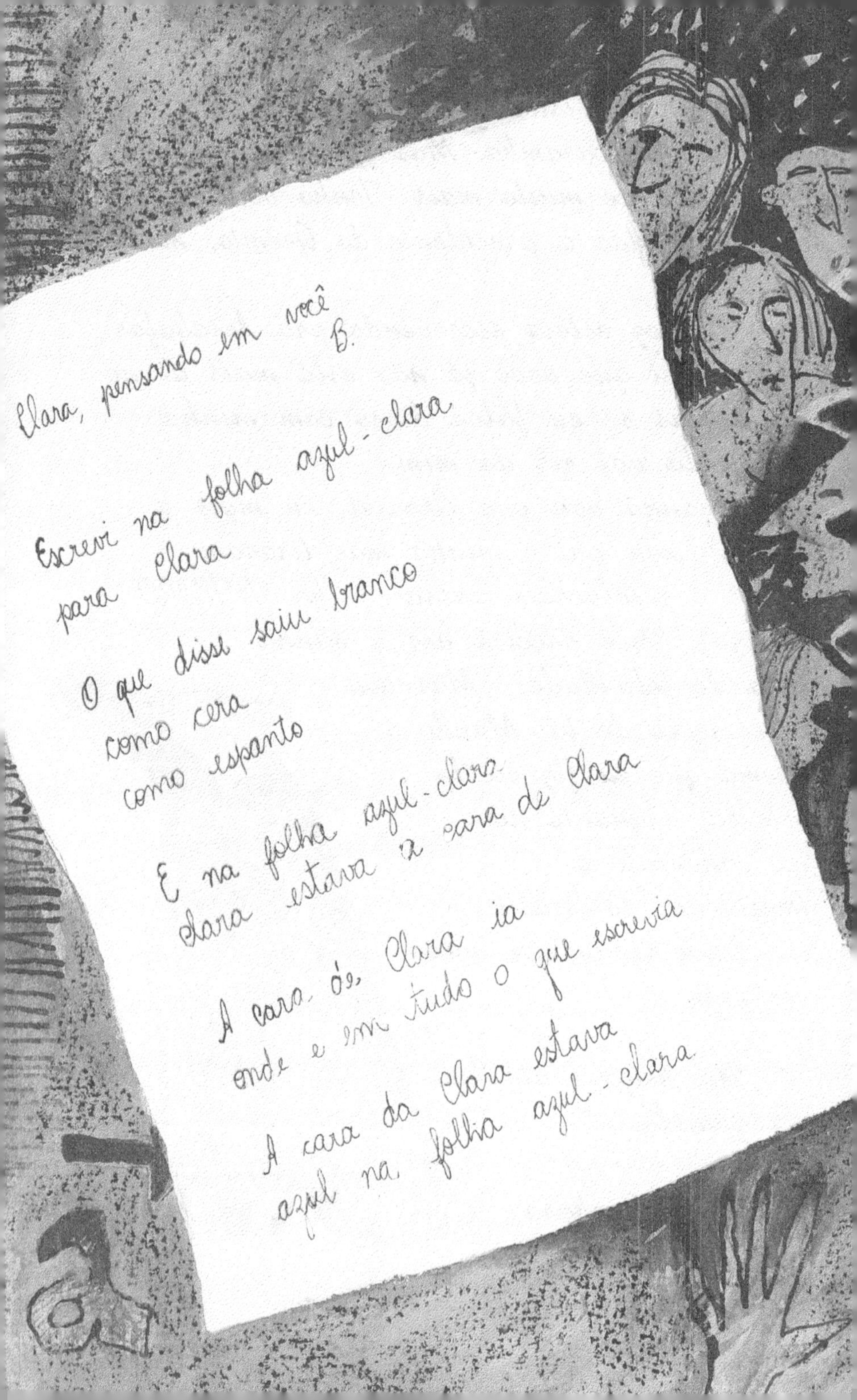
Clara, pensando em você
B.

Escrevi na folha azul-clara
para Clara

O que disse saiu branco
como cera
como espanto

E na folha azul-clara
clara estava a cara de Clara

A cara de Clara ia
onde e em tudo o que escrevia

A cara da Clara estava
azul na folha azul-clara.

Vale do Pavão, final de junho.

Bárbara querida,

não sei se esta carta vai te alcançar, mas me deu uma vontade louca de te escrever. Acho que quando ela chegar na porta da tua casa você já terá partido. Eu já estou com as malas prontas. Cada hora me lembro de que estou esquecendo alguma coisa e minha mãe já me olha com uns olhos enormes de saudade. Ainda bem que ela pegou uma encomenda de um hotel que está reformando os seus chalés: um tapete pra cada um. Assim, ela fica bem ocupada e não tem tempo de se entristecer. E ainda tem o trabalho do sítio que eu dividia com ela e que ela terá que fazer sozinha.

Bárbara, ontem aconteceu uma coisa tão maravilhosa que é quase uma irrealidade. Acho que mesmo que eu viva 100 anos não vou me esquecer. Recebi como um presente, uma dádiva, não sei qual a relação, mas fiquei com muita esperança de voltar com o Tom. Escuta só:

Era de tarde, uma tarde fria e cheia de neblina, eu e minha mãe estávamos sentadas na soleira da porta. De repente, minha mãe me disse: "Clara, olha depressa... debaixo do caquizeiro, um veadinho". Nos levantamos, e ele estava a vinte metros da casa, e nos olhava com seus olhos enormes e vivos, mexendo as orelhas... um "Bambi" de verdade! Não teve medo da gente e simplesmente foi embora, sem susto nenhum. Fiquei emocionada por muito tempo, com o coração descompassado por ter recebido essa visita. Eu já ouvi falar que tem veado e até onça por essas matas, mas que viesse um até quase a porta da nossa casa... pra mim é como um bom presságio. Não conta pra ninguém essa história. Ninguém vai acreditar mesmo!

Também tenho uma boa notícia. Abriram inscrições pra telefone celular rural. Já nos inscrevemos. Assim, brevemente não vamos ter que andar sete quilômetros pra telefonar. O mundo vai ficar mais perto. Ando com umas ideias pra escrever um conto. Nas férias não vai dar, mas com certeza em agosto. Já tenho a história bem pronta na minha cabeça. É uma história bem fantástica. Difícil é começar, eu acho. Você me falou que a vida aqui é um filme e ando com vontade de virar escritora no futuro.

Bom, vou fechando a minha carta e a minha mala. A última coisa que vou colocar dentro dela é o livro que estou lendo e amando. Se chama O mundo de Sofia e o nome do autor é complicado: Jostein Gaarder. Ele é da Noruega, um país bem longe. É um livro lindo sobre a história da filosofia, mas é também um livro sobre a vida, e a personagem principal, Hilde (aliás são duas personagens principais, uma é misteriosa), tem a nossa idade. Olha só que frase linda:

"Não era extraordinário estar viva naquele momento e ser personagem de uma aventura maravilhosa como a vida?" (pág. 16)

Tomara que a minha carta ainda te encontre.

Mil beijos,

Clara

Vista parcial do Pontal do Atalaia
Arraial do Cabo - R.J.
Arraial do Cabo
JULHO
Clara, Clarita
As férias estão melhores do que eu previa. As praias estão lindas como sempre, só que muito poluídas, uma pena! Minha tia montou uma pousada e tenho ido ajudá-la com os hóspedes. O nome é Pousada Oceano. Bonito, não?
Quando você vier comigo, ela disse que dá um quarto só pra nós duas. Conheci uma turma... Mas o espaço não dá pra contar. Depois falamos.
Beijos,
B.
Brasil Turístico - Todos os direitos reservados - Feito à mão
BRASIL
Para Clara
Serra d
Vale do
2 8

Arraial, ainda em férias, cedo de manhã.

Clara!

A minha vida lá no Rio é tão agitada que não consigo relaxar direito. Me acostumei a levantar cedo pra escola e agora, nem que eu queira, consigo dormir até tarde como todo mundo que está em férias.

Aproveito o ar da manhã (meio salgado aqui) pra escrever pra você. Sei que não terei resposta tão logo, mas vou contar uma porção de coisas que andei fazendo.

Além de ajudar a Dinda na Pousada pela manhã, vou à praia, faço passeios de barco e algumas caminhadas lá na Praia Grande. Outro dia fui caminhando até um lugar chamado Pontal do Atalaia, um morro altíssimo, que depois você desce, desce e desce pra uma praia deserta. Uma loucura de bonito. Fui com a tal turma que te contei no postal (tem um gato lá...).

Também fui visitar o bisavô do namorado da minha irmã, um pescador velhinho de 98 anos que ainda faz redes e as vende.

Ele me deu uma azul-marinho de presente e pedi o pedacinho de outra pra mandar pra você ver como o trabalho é lindo. Já pensou? Quase um século nas costas e ainda trabalha, que barato!

Queria envelhecer assim, mas morando no Rio se eu chegar aos 50 já é uma vitória...

Não posso dizer a você que a cidade é linda, não vou mentir, mesmo! O problema é que ela foi crescendo sem planejamento, e hoje a área urbana é um amontoado feio de casas, que torna a paisagem gris. Muito esgoto a céu aberto, poluição... Uma fábrica de produtos químicos tomou conta da cidade e está acabando com a pesca. E o prefeito não faz nada, e a população também...

Vou parar por aqui antes que a politicagem comece, mas ando mesmo é de olho no tal garoto que eu ainda nem sei o nome. Vou deixar passar uns dias e, se der certo, conto tudo... com detalhes.

Estamos (eu e a turma) preparando uma festa (ainda não decidimos o local) e uma caminhada até a Praia do Forno, que é um arraso.

Vou terminar, porque tenho que ajudar a Dinda a preparar o café da manhã pros hóspedes.

Beijos azuis,

B.

CARTÃO POSTAL - Série Encontros do
BRASIL 1,00
Para Bá
Rua Gene
Rio de Jan
22314
Rio, julho
Bárbara
Você não falou de Santa Tereza
Fiquei com vontade de andar
por aqui com meu pai, por
estas ladeiras cheias de histórias,
e vim. Te mando esse postal
só de curtição.
Clara

Rio de Janeiro, férias de julho, tarde da noite.

Bárbara, minha amiga,

te escrevo para que você receba minha carta assim que chegar de Arraial. É que fiz um programa tão maravilhoso que preciso te contar. Estou tão elétrica e excitada que não consigo dormir.

Fui hoje ao Centro Cultural Banco do Brasil, que é um lugar incrível (parece até cenário de filme), fazer uma coisa muito diferente: ouvir a Maria Mariana ler trechos do <u>Confissões de Adolescente</u> e discutir com o público. É um programa que se chama "Roda Jovem de Leitura". Só tem gente maravilhosa, inacreditável: Chacal (poeta), Marcelo Rubens Paiva, Tony Belloto, o pessoal do Casseta e Planeta, Miguel Paiva (da Radical Chic) e Arnaldo Antunes. Foi tão bom ver aquela plateia lotada de gente da nossa idade (pena que você não estava lá) ouvindo e trocando energia e experiência. Meu pai foi comigo e adorou. Ele é incrível, bem adolescente às vezes, quer dizer, com a cabeça bem aberta e o coração também.

O que é ser adolescente? Sempre penso nisso. Acho que é um maravilhamento com a vida, esse jeito da gente se atirar nas coisas de cabeça, viver tudo intensamente. Será que, se nos mantivermos dessa forma, a gente fica com a alma adolescente para sempre? Eu acho.

As minhas férias estão passando tão depressa como um raio. Tenho saudades da minha casa, da Laila, dos filhotes, da minha mãe, do Tom, mas estou tão feliz que não queria que esse tempo passasse.

Beijos,

Clara

P.S.: Olha só que coincidência. Meu pai tem um livro de poemas do Chacal. Sinta:

Vento vadio
às vezes vem um vento
e levanta a aba do pensamento
jogando o meu chapéu
pra lá da possibilidade.

— Alô...

— Alô, quem é?

— É a Aninha. É a Bárbara que tá falando? Tá com uma voz esquisita... Tudo bem?

— Legal! Quanto tempo!

— Pois é, eu liguei à beça e só atendia a secretária eletrônica. Vocês foram viajar nas férias?

— Fomos pra Arraial do Cabo. Minha vó mora lá e mamãe sempre que pode se manda. Tudo bem com você?

— Tudo. Mas conta aí um pouco de Arraial. Tava bom por lá?

— Mais ou menos, Aninha. Sabe como é, quando a gente leva família, cachorro, periquito. Pai colocando horário em tudo. Mãe querendo que você lave os pratos todo dia... A minha sorte é que a minha Dinda estava lá e então eu ficava o tempo todo na casa dela. Minha irmã foi pra Rio das Ostras acampar com o namorado e eu segurei a barra...

— Mas você não saía?

— Claro que sim, imagina! Dormia pra caramba, levantava, almoçava e ia pra praia. Aí eu encontrava a maior galera e ficávamos pegando onda até a tardinha. Aí a gente ia pra Praia Grande ver o pôr do sol. Superlegal.

— E você ficou com alguém?

— Se fiquei! Tinha cada menino! Um deles, o Pablo, é o maior gato, Aninha. Ficamos uma noite. Parecia que a gente já se conhecia há muito tempo. Acho até que voltei um pouco apaixonada.

— Então vocês tão namorando?

— Não sei, Aninha. Na última noite eu dei meu

telefone aqui do Rio pra ele. Ele mora em Niterói e disse que ia me ligar. Mas já tem uma semana, e nada!

— Vai ver ele perdeu o telefone...

— Se perdesse, era só perguntar pro pessoal. Dei meu telefone pra muita gente, pra todos que estavam no luau...

— Luau? Vocês fizeram?

— Várias vezes, foi lindo! Cada um levava uma coisa: chocolate, frutas. Teve gente que até vinho levou. Eu bebi e acho que fiquei de porre. Você precisava ver. Eu e a Beth queríamos entrar no mar. A gente ria à beça.

— E como você fez quando voltou pra casa?

— Dei um jeito. Dormi na casa da minha madrinha.

— E ela não conta nada pra sua mãe?

— De jeito nenhum! É a pessoa em quem eu mais confio!

— Você não sentiu medo, Bárbara?

— Olha, Aninha, até que sim... Esse negócio de você não ter controle sobre as pernas, sobre a cabeça... Não sei não...

— Foi a primeira vez que você bebeu?

— Desse jeito, sim. É que todo mundo estava nessa... Quem não estava, fazia outras coisas...

— Puxa, então você se divertiu pra caramba...

— Foi demais. Da próxima vez, você quer ir comigo? Tem lugar na casa da vovó...

— Claro! A gente combina. Se a mamãe deixar... sabe como é...

— Tá bom. Então, até amanhã. Um beijo.

— Outro, tchau.

Querido Diário,

eu e Bárbara não pudemos mesmo nos encontrar. Cheguei no Rio e ela tinha ido viajar na véspera. Vamos ter que esperar até o final do ano. Ela me prometeu que vai passar, no mínimo, um mês comigo. Vai ser maravilhoso. É incrível como a nossa correspondência nos fez ficar próximas apesar da distância. Agora ela é, de verdade, a amiga em quem confio.

Hoje é o último dia aqui na cidade. Foram maravilhosos esses quinze dias. Meu pai tirou férias também e estava por minha conta. Fomos ao cinema, à praia, ao shopping, mas o melhor é que ficamos tão juntos como nunca antes na vida. Ele me tratou como se eu fosse adulta. Conversamos sobre uma série de coisas, inclusive a separação deles, o amor dele pela minha mãe, e os desentendimentos, a falta de afinidade que foi crescendo entre os dois. Meu pai não gosta do sítio onde moramos. Ele não gosta de isolamento, de silêncio. É tudo o que a minha mãe ama. No final do casamento deles, essas coisas foram crescendo e ficando graves. Pensar que só amor não basta pra construir a vida de duas pessoas! Tantas coisas são necessárias!

A Bárbara diz que não quer se casar. Engraçado, mesmo com a separação dos meus pais, eu quero me casar. Quero ter no mínimo três filhos. Acho lindo uma família grande, fazendo bastante barulho na mesa de jantar e guerra de travesseiro no quarto.

Estou com saudades de casa. Da minha mãe, da Laila, do Poeira e principalmente do Tom. Foi bom ter ficado longe dele esses dias. Deu pra ver que o amo mesmo e, se ele ainda quiser voltar, eu quero.

Meu pai me deu um livro do Vinicius de Moraes: Para viver um grande amor. Às vezes, parece que meu pai sabe ler meu coração. Agora é subir a montanha.

BRASIL 98
$1,20 BRASIL

Rio, em agosto.

Clara querida

Faz um tempinho que não escrevo pra você. Mas mandei postal e carta lá de Arraial. Nos desencontramos na correspondência. Tua última carta (de junho) só agora respondo. Como vão os filhotes da Laila? E isso de colher cenouras, nabos e alfaces na horta é maneiro. Sabe o que é? Aqui nós compramos tudo pronto, então, quando a gente come um bife, por exemplo, tem a impressão de que a carne já veio daquele jeito, com sal e tudo e nem se lembra do animalzinho que sofreu pra morrer... Se eu criasse bois e tivesse que matá-los, acho que nunca comeria carne... Mas longe dessas coisas a gente acaba comendo tudo que é porcaria... E galinha, já imaginou? Como a bichinha deve sofrer, não?

Bem, a tua última carta antes das férias me deixou sentimental...

As férias foram legais. Praia, mar, onda. Levei minha prancha. Encontrei uma supergalera, tomei um pileque de vinho. Eu e a Beth, uma amiga que conheci na Praia Grande. Me apaixonei por aquele garoto, lembra? Pablo é o nome dele e mora em Niterói. Fiquei com ele só uma vez, Clara, e não consigo esquecer. Tudo é lindo nele: os cabelos louros, os olhos bem azuis. Adoro isso, porque sou morena e dizem que é o contraste... Bem, deixa pra lá. Ele é legal demais. Mais velho do que eu (tem 18 anos) e está no 1º ano de Arquitetura. Só me ligou uma vez depois das férias. Até hoje estou pendurada no telefone, esperando que ele me ligue.

Às vezes, dá vontade de ligar, mas minhas amigas dizem que mulher não deve correr atrás, que a gente tem que disfarçar... O que você acha? Sim, porque a minha vontade é passar a mão nesse telefone, ligar e dizer tudo...

Outro dia aconteceu uma coisa diferente. Meu pai me levou pra jantar, só nós dois. Mamãe tinha viajado, a Andréa estava na faculdade. Então, saímos. Ele estava tão alegre, parecia um garotinho. Confesso que nunca vi meu pai assim. E aí foi incrível, comemos uma pizza e conversamos pra caramba. Tudo tão diferente de quando a gente está em casa que contei um monte de coisas, até do pilequinho em Arraial eu falei. E sabe da melhor? Ele não se zangou. É claro que me deu mil conselhos sobre "beber demais" etc. Mas nada de brigas... Até agora eu custo a acreditar...

Você falou em aprender violão. Eu adoro música e gostaria de aprender a tocar flauta. É tão delicado o som da flauta. Mas as aulas são caras e a gente não tem dinheiro. Talvez mais tarde. De resto, as aulas começaram e toda loucura voltou. Agora estou capengando em Biologia, apesar de o professor ser ótimo. É que às vezes me distraio muito, fico longe, longe.

E seu pai e sua mãe? Tudo bem? Tomara que você resolva seu namoro com o Tom. Sabe, eu acho que, em geral, os meninos são tão medrosos, que acabam querendo ter mil outras garotas só de medo de ficarem sozinhos. Será que é isso?

Tenho que parar por aqui. Já é meia-noite e estou quase dormindo em cima do papel. Que eu tenha bons sonhos e sonhe com você, amiga.

Abraços,

Bárbara

P.S.: Clara, diz a verdade, dá pra entender alguma coisa disso?

Dois aminoácidos se unem na molécula de proteína por uma ligação chamada ligação peptídica. A reação ocorre entre a carboxila de um aminoácido e a amina do outro, havendo perda de uma molécula de água (desidratação).

O produto formado quando dois aminoácidos se ligam é chamado dipeptídeo; o tripeptídeo e o tetrapeptídeo são formados respectivamente de três e quatro aminoácidos. Quando na molécula ocorre um maior número de aminoácidos, fala-se em polipeptídeo. Geralmente usamos o termo proteína para designar peptídeos com um número superior a 70 aminoácidos.

Vale do Pavão, agosto.

Bárbara queridíssima

Amei as tuas notícias. Pablo é um nome lindíssimo e combina com o teu. Tomara que esteja acontecendo. Engraçado, você fala do encontro com o teu pai. É uma coincidência. O encontro com o meu pai também foi assim. Passamos as férias juntos e foi tudo movido a pizza e sinceridade. Na verdade, foi o nosso primeiro grande encontro. Quando voltei havia uma grande novidade. Ganhei um gato persa. Ele é negríssimo, com olhos amarelos. Dei a ele o nome de Léo. É que eu acho engraçado bicho com nome de gente. A Laila já se acostumou com ele. Nunca tinha tido um gato e estou fascinada. É um bichinho muito especial. Curioso, comunicativo e livre. E por falar em gatos, voltei com o Tom. Foi lindo. Ele pagou o maior mico e me levou uma braçada de flores no primeiro dia de aula. Tem prova maior de amor?

Então começamos novamente nossos estudos de alquimia. Tom e eu andamos misturando nossos corpos. Quando você vier pra cá, te conto com detalhes essa "mistura". E por falar em alquimia, estou preocupada com as aulas de Química. Bárbara, não estou entendendo nada! É tão difícil assim, sou eu que sou burra ou vivo mesmo no mundo da lua, só pensando em poesia, sonhos, amor etc.?

Recomecei as aulas de violão e convidei meu professor Hugo pra tomar um café com a gente. Ele aceitou.

Vou fazer um bolo de fubá maravilhoso que aprendi. É amanhã que ele vem. Já falei pra minha mãe que eu a quero bem linda. Hoje, quando voltei da escola, saímos as duas pra catar amoras no bosque, vamos fazer geleia! Enchemos uma sacola. Ele vai comer o pão que a minha mãe faz com geleia de amora e se apaixonar por ela, você vai ver. Acho que estou mais ansiosa que a minha mãe! Numa das tuas cartas você me perguntou que profissão me faz a cabeça, que tal casamenteira?

Ah, outra coisa. Esse negócio de você não poder ligar pro Pablo é babaquice. Puxa vida, por que eles podem e a gente não? Na verdade, eu detesto fazer joguinho. Sou clara não só no nome, mas também nos sentimentos. Sempre mostro o que sinto. E, se você quer meu conselho, lá vai: ligue pro Pablo quantas vezes te der vontade. E não deixe de me contar como foi.

Te falei que meu pai me prometeu uma bicicleta? Assim, eu e o Tom vamos poder andar juntos por essas estradas.

Me escreve rápido,

mil beijos,

Clara

P.S.: Bárbara, sinta o meu drama com Química:

O elemento enxofre (S) forma duas variedades alotrópicas: o enxofre rômbico e o enxofre monoclínico. Essas duas variedades são formadas por moléculas com 8 átomos (octatômicas) e podem ser representadas pela fórmula S_8.

Apesar de serem formadas por moléculas de mesmo número de átomos, essas variedades alotrópicas apresentam estruturas diferentes. Os nomes rômbico e monoclínico são derivados das estruturas de seus retículos cristalinos.

Rio, em setembro.

Clara!

Cada dia vai ficando mais difícil te escrever. As três barreiras — Física, Matemática, Biologia — no meio do meu caminho, o teatro, o inglês, meus desencontros de amor, pai, mãe, irmã... É muita coisa pra uma cabeça só. E agora arrumei mais esta: uma atração irresistível pelo professor de Literatura. Clara, nunca pensei! Você deve me achar doidinha, mas, pô, ninguém é de ferro e ele fica lendo umas coisas tão lindas na aula que não aguento. Só que ele nem repara em mim. Já fiz de tudo: levei bala, bombom, poemas meus pra ele ler e... nada! Até me tornei a aluna mais C.D.F. da sala, mas não adiantou. Ele não é bonito. Pra dizer a verdade, acho que é até um pouco feio, mas fala cada coisa de arrepiar. Outro dia escreveu no quadro um poema do Alberto Caeiro. Clara, o poema é lindo! Achei que você ia gostar. Saca só:

Passa uma borboleta por diante de mim no
Universo
E pela primeira vez eu reparo
Que as borboletas não têm cor nem
movimento,
Assim como as flores não têm perfume nem cor.
A cor é que tem cor nas asas da borboleta,
No movimento da borboleta o movimento é
que se move,
O perfume é que tem perfume no perfume
da flor
A borboleta é apenas borboleta
E a flor é apenas flor.

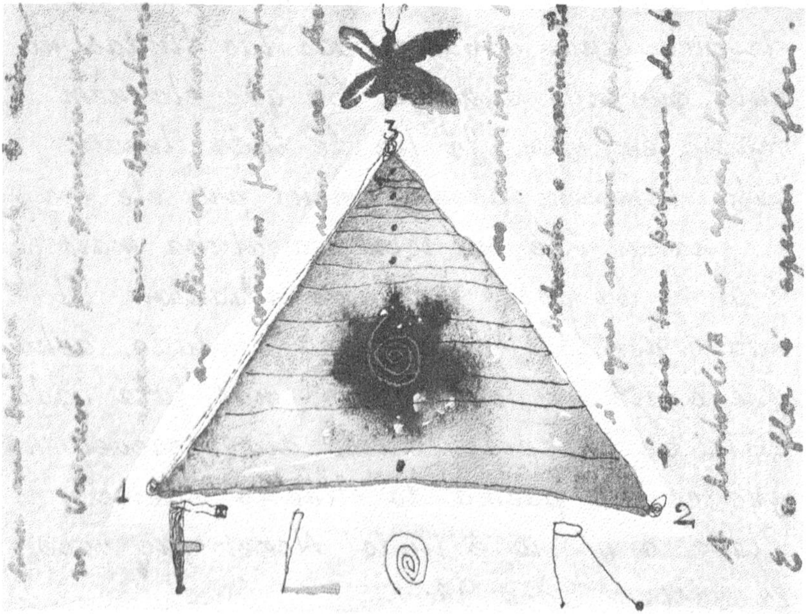

Não é o máximo? Pra dizer a verdade, a primeira vez que li, não entendi nada. Mas aí ele, o professor Fernando (esse é o nome), começou a mostrar coisas tão incríveis que eu me apaixonei. Por ele e pelo poema. E descobri um negócio incrível: poesia não é pra entender, é pra sentir. Não é super?

Bem, mas voltando às vacas gordas. Digo gordas porque engordei três quilos e ando doidinha com isso. Sabe como é, muito sanduíche, doce, biscoito. Sei que tenho que parar, mas não consigo. Morro de medo de ficar igual a minha mãe e minha tia. Mudando de assunto, fiquei p. da vida com o Pablo. Lembra? Pois tomei coragem, liguei pra ele e saímos num domingo. Ele estava todo apaixonado. Fomos ao cinema e depois ao Maracanãzinho assistir a uma partida de vôlei do Campeonato Brasileiro (nesse ponto a gente combina: ele adora esportes e eu também). Foi INCRÍVEL. Ele me trouxe em casa, nos beijamos etc. etc. etc. E nunca mais apareceu... NUNCA MAIS, entende? Clara, eu não consigo saber o que houve. E até hoje fico pensando se eu estava feia, se fiz alguma coisa errada. E quando toca o telefone? Clara, fico na maior expectativa. Será que isso é amor?

Por que será que quando eles não estão nem aí, daí, sim, é que a gente se liga? Lembra do Dani e como eu não me ligava na paixão dele por mim?

Bem, amiga, quero saber das tuas novas. E o mato? E o Tom? Ah, e como foi a visita do teu professor de violão? Isso parece novela...

Clara, vou terminar por aqui. É que estou escrevendo na hora do recreio e a aula de Literatura já vai começar, ai que frio na barriga!...

Mil beijos da

B.

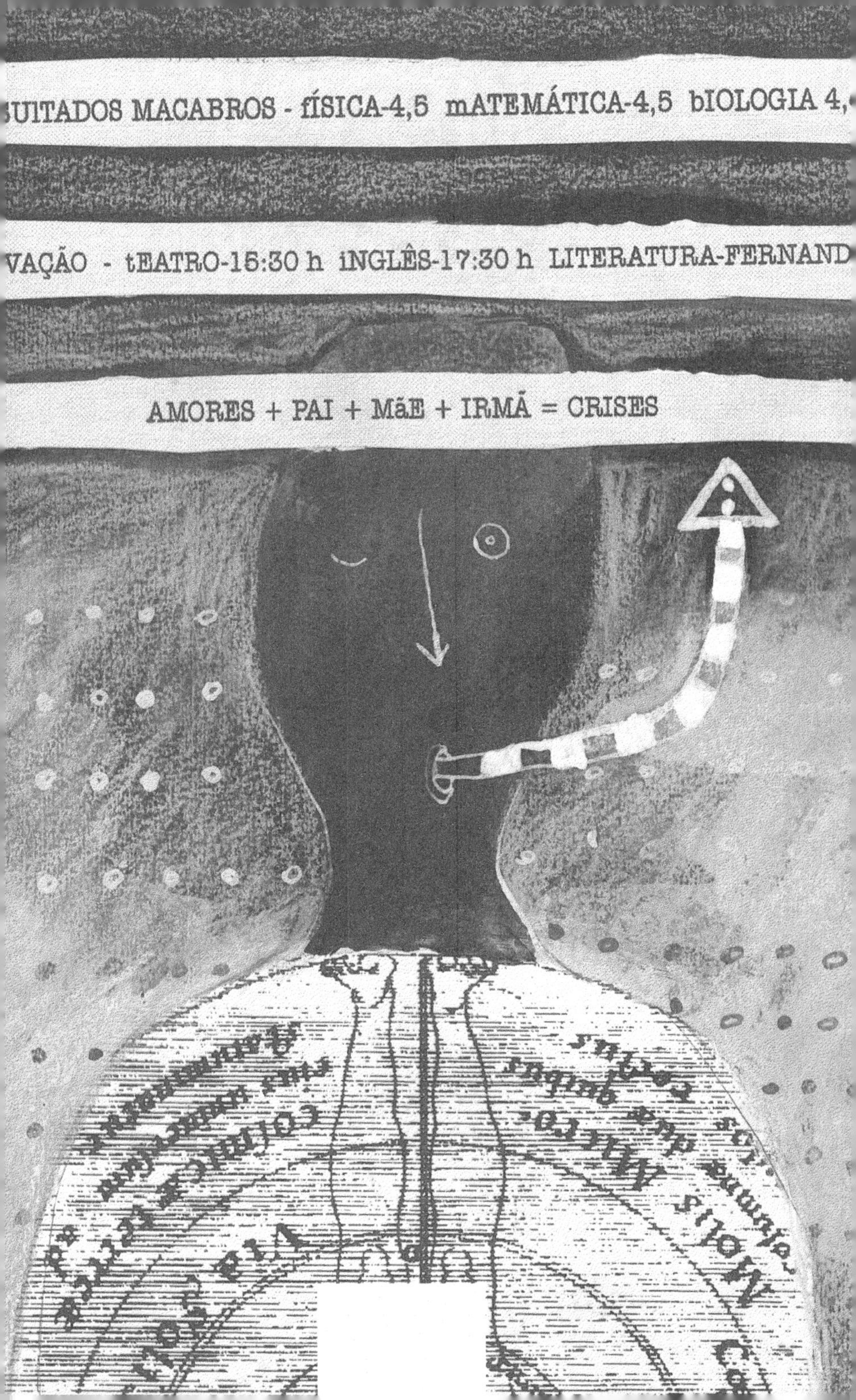
UITADOS MACABROS - fÍSICA-4,5 mATEMÁTICA-4,5 bIOLOGIA 4,
VAÇÃO - tEATRO-15:30 h iNGLÊS-17:30 h LITERATURA-FERNAND
AMORES + PAI + MãE + IRMÃ = CRISES

A

Vale do Pavão, final de setembro.

Bárbara querida

Amei tua carta. O poema do Alberto Caeiro, meu Deus, que lindo! Eu também acho que poesia não se explica. Ela é um choque na alma.

Novidades maravilhosas na casa. A jabuticabeira está carregada, daqui a pouco não vou sair de cima do pé. Vou comer jabuticaba até me entupir. Meu pai trouxe a mountain bike pra mim!! Eu e o Tom estamos programando um enorme passeio assim que eu estiver segura pra descer essas ladeiras. Mas já estou indo pra escola de bicicleta. Você que é feliz por ter um professor maravilhoso de Literatura. Os meus são feios e chatos. Estou sendo injusta. A professora de História até que é bonitinha, mas um pouco gorda.

A história do Pablo, hein, como os homens são complicados!

Bárbara, eu não te falei que o pão com geleia de amora da minha mãe era tiro e queda? O Hugo já veio aqui três vezes e na última trouxe o violão. Minha mãe estava sentada tecendo. Ele chegou. Ela ia se levantar, mas ele disse: "por favor, fique ai, vou tocar pra você". Foi uma das cenas mais lindas que já vi. Parecia que a música saía dos fios, que o desenho da música era minha mãe quem fazia no seu tear. Não sei explicar direito. Só sei que me deu uma grande emoção ver os dois ali. Acho que essa história só está começando. O Hugo ficou até tarde. A noite estava sem lua, sentamos no jardim, e os vaga-lumes, aos milhares, faziam uma silenciosa sinfonia de luzes. Tive um belo pressentimento.

Sonho com a tua vinda nas férias. É tanta coisa que quero dividir contigo. Tanta coisa pra te mostrar, que todo tempo será pouco.

Estou te mandando neste envelope, rezando pra que chegue inteiro, um pequeno ninho de passarinho que achei abandonado. Serve pra colocar na tua estante e guardar nele coisas invisíveis. A nossa amizade, por exemplo.

Mil beijos,

Clara

Rio, no mês de outubro.

Minha grande amiga,

lendo as tuas cartas dá vontade de sair voando pra chegar aí. É tudo tão incrível que parece não ser de verdade.

Veja só, Clara: a primavera passou e eu quase nem pude perceber. Me dei conta disso quando fui passear com os pais da Aninha lá no Alto da Boa Vista. Foi um negócio! Aqui de casa, do 8º andar, de onde só vejo prédios, prédios e mais prédios, as estações ficam todas iguais. Só no verão é que a gente sente mesmo que a estação mudou, porque o apartamento parece um forno de micro-ondas e daí ficamos, cada um no seu quartinho, com o ar-condicionado ligado.

Ainda bem que tenho uma extensão de telefone no meu quarto. Mas agora nem isso está adiantando, porque o papai resolveu controlar o tempo dos meus telefonemas. Ele não é um monstro? Só porque meus amigos vivem ligando pra cá... E só porque às vezes fico estudando pelo telefone com a Marcela! Outro dia ele me deu o maior esporro porque fiz o Thiago escutar um CD inteiro da Madonna pelo telefone! Bem, "neste" caso, eu acho até que ele tinha razão.

Aí onde você mora, sim, que deve ser legal (mas confesso: não sei se eu aguentaria). Pelo que você me contou, não tem luz, nem telefone. Isso é que é paz! Fico pensando como seria sem meu Bob Marley, meu mega e sem meus filmes. Uma coisa que me atraiu foi a tua mountain bike e aquilo da orquestra de vaga-lumes. É verdade mesmo? Só de imaginar, arrepio.

Clarita, perdoa não escrever muito. É que estou em plena época de provas. Acho que escapo de Biologia. As outras duas... Fica torcendo pra eu não ficar de recuperação, senão adeus às férias na tua casa, adeus ao meu presente de 15 anos (viagem à Disney). Ai, ai...

Continuo sem namorado e o clima aqui continua meio tenso. É que estão pra mandar a minha mãe embora da escola onde ela dá aulas. Ando com peninha dela. Mas também... quem mandou arrumar logo essa profissão.

Com tudo isso, acho que a Andréa vai começar a trabalhar numa loja de roupas. Só assim ela garante a faculdade e eu... eu ando pensando seriamente em colaborar. O que você acha de eu vender sanduíche e brigadeiro na escola?

Manda a receita do teu bolo. Você sabe que eu não gosto muito de cozinhar, mas quem sabe até aprendo. Se ainda der tempo, escreve um bilhete contando da paquera da tua mãe.

Bem, quando eu chegar aí conto mais coisas. Quero uns conselhos sobre o Pablo, que de vez em quando me liga, só pra me atormentar. Estou contando os dias pra gente se ver.

Beijos,

Bárbara

P.S.: Começaram os ensaios pra peça que vamos encenar no final do ano. Tô tão ansiosa!

Vale do Pavão, novembro.

Bárbara, minha amiga querida

E sua mãe? Ela foi mesmo mandada embora? Espero que esteja tudo bem. Como é difícil ser mulher, não? Filhos, marido, trabalho, a casa etc. Às vezes, eu acho que é mais fácil ser homem. Mas só de vez em quando. É bom ser mulher. Acho que a gente tem o privilégio da intuição, a magia de dar a vida, temos leite, seiva. E temos que trabalhar não pra sermos iguais aos homens, porque não somos iguais. A diferença não está só no corpo, mas também na alma. Temos que batalhar pra sermos respeitadas como seres humanos. Converso muito sobre isso com a minha mãe. Viraremos escravas novamente se não tomarmos cuidado. Fomos escravas tantos milênios!

Ainda hoje, em muitos lugares do mundo, a mulher é considerada um ser inferior. Fora os mil desrespeitos. Na verdade, nenhum ser humano deveria desrespeitar outro ser humano, independente de sexo, cor ou raça, sei lá. Mas é o que mais existe. Sou revoltada demais com isso. Mas se pensarmos nas nossas avós que, segundo minha mãe disse, não eram donas nem do próprio nariz, acho que já andamos um longo caminho. Temos é que crescer atentas.

Quanto ao Pablo, Bárbara, acho que está na hora de mandá-lo pros anéis de Saturno. Tenho uma surpresa pra você. Conto na próxima carta.

Saudades,

Clara

P.S.: A minha mãe e o Hugo já estão namorando. Ela está explodindo de felicidade. Ele é o maior barato! E segue a receita do bolo.

Receita de bolo de fubá

Ingredientes

Duas xícaras de açúcar mascavo
Uma xícara de manteiga ou margarina
Dois ovos
Duas xícaras de farinha integral
Uma xícara de fubá
Uma xícara de granola
Uma xícara de coco ralado
Uma xícara de leite (ou mais, se precisar)
Uma colher de sobremesa de fermento em pó

Modo de fazer:

Desmanchar o açúcar com a manteiga e as gemas de ovo. Acrescentar o resto (menos o fermento) e pôr o leite aos poucos. Mexer devagarinho, misturando junto alguns bons pensamentos pro bolo sair bem fofinho. Acrescentar as claras batidas em neve pra massa ficar bem leve, e por último o fermento.

Untar a fôrma com manteiga, farinha e carinho e assar em forno médio por 45 minutos, sete segundos e um eclipse lunar.

Rio de Janeiro, novembro (final de).

Clara,

que carta mais incrível a sua. Você tem razão: não somos iguais aos homens mesmo, e não é usando as armas deles que vamos resolver alguma coisa. O que nós temos? Intuição, amor, compreensão. Acho que essas são as nossas "armas", não é? Eles até hoje só fizeram guerrear: em tudo e por tudo.

Bem, mudando de assunto e ao mesmo tempo continuando, estou preparando as minhas "armas", isto é, a minha mala. Parece até mentira que vou conhecer finalmente o Vale do Pavão. Mas estou confusa: não sei que tipo de roupa devo levar. Faz frio? Você disse, uma vez, que fazia. É que no Rio está tão quente que não consigo imaginar um lugar frio a essa altura do campeonato. Vou levar dois biquínis pras cachoeiras e duas calças jeans pra colocar à noite. Ah, e o binóculo pra ver de perto os veados, os tucanos (você falou que tinha — quero ver!!) e as onças. UAU!

Roupa de noite, de festa, quer dizer, acho que não levo, vai ter festa onde, se não há luz por aí? Bem, qualquer coisa você me empresta!

Fui deixando pro final A NOTÍCIA MAIS MARAVILHOSA DO MOMENTO: eu passei em tudo!!!(*)

Você precisava ver a cara do pessoal aqui em casa quando eu mostrei as notas. Não sei o que me deu que danei de estudar e consegui. Fiquei por um triz, mas consegui. Não é o máximo?

Bem, estou aqui então, com o coração aos pulos, no meio de um mar de roupas sem saber o que colocar na mala. Queria que você estivesse aqui pra me ajudar e me dar aquele abraço de parabéns.

Me aguarde.

B.

P.S.: Faz bolo de fubá pra me esperar, tá? Ei, e a surpresa que você tinha pra me contar?

(*) Mando o xerox do boletim pra você acreditar.

Vale do Pavão, 23 de dezembro.

Bárbara

Finalmente as férias. Estou só confirmando o nosso telefonema. Você toma o ônibus dia 3 de janeiro que cai num sábado. Pede ao motorista pra te deixar na entrada do Vale do Pavão. Estarei te esperando com o Poeira, que é pra ele carregar a tua bagagem.

A surpresa que eu tinha pra te contar é que o Tom tem um amigo que se chama Miguel. E adivinha: ele vem passar as férias com o Tom e já está doido pra te conhecer. Você vai ver. No final, um mês vai ser pouco. Já esvaziei metade do meu armário pra você por causa do tamanho da tua mala e avisei a Laila e o Léo que teremos uma visita especialíssima na casa.

Estou te esperando morta de ansiedade,

Até já,

Clara

FRANCISCO ORBAN

Suzana Vargas

JUAN

Roseana Murray

Somos duas poetas amigas ou amigas poetas que se falam por telefone quase diariamente, mas que não se visitam muito, porque uma mora um pouco em Visconde de Mauá, um pouco aqui no Rio, e a outra, porque trabalha muito, muitíssimo. Mas sempre que podemos, nos encontramos e aí tudo vira festa, alegria, poesia.

A ideia de escrever *Porta a porta* nasceu numa noite sem lua e muitos, milhares de vaga-lumes no Vale do Pavão, em Visconde de Mauá, onde tínhamos ido passar o carnaval. Começamos a pensar em nossas diferenças: uma, vivendo sozinha, meio isolada naquele paraíso, e a outra, no Rio de Janeiro, cidade tão maravilhosa quanto infernal. Pensamos nos efeitos que essas coisas todas poderiam ter sobre a nossa escrita, as nossas cabeças, e em como duas adolescentes poderiam viver uma amizade verdadeira em lugares tão diferentes, apenas trocando cartas. Os nomes das personagens nasceram ali mesmo: do silêncio do Vale, brotou o nome Clara, a transparente. Da selvageria e barbárie da cidade grande, Bárbara.

Assim que tivemos oportunidade, começamos a nos escrever, e o livro levou umas duas semanas até ficar pronto, período em que vivemos intensamente essa correspondência. Foi como se voltássemos no tempo ou descobríssemos a nossa verdadeira idade, porque, pensando bem, se queremos viver de verdade, nunca devemos deixar de ser adolescentes.

Porta a porta é e não é uma invenção, saiu de nós, da nossa adolescência, da adolescência de nossos filhos e filhas, sobrinhos e de todos aqueles que não perderam o encanto da surpresa e a felicidade da insegurança. O livro nasceu de *você* que nos lê e percebe a vida como movimento, como mudança: um caleidoscópio que gira escrevendo paisagens diferentes nos nossos corpos, nas cartas que podemos endereçar ao coração do mundo e que irão de uma porta à outra.

COLEÇÃO JABUTI

Adeus, escola ▼◆🗐⊠
Amazônia
Anjos do mar
Aprendendo a viver ◆⌘■
Aqui dentro há um longe imenso
Artista na ponte num dia de chuva e neblina, O ✻★⌗
Aventura na França
Awankana ✐☆⌗
Baleias não dizem adeus ✻🕮⌗○
Bilhetinhos ✪
Blog da Marina, O ⌗✐
Boa de garfo e outros contos ◆✐⌘⌗
Bonequeiro de sucata, O
Borboletas na chuva
Botão grená, O ▼✐
Braçoabraço ▼⚐
Caderno de segredos ❑◉✐🕮⌗○
Carrego no peito
Carta do pirata francês, A ✐
Casa de Hans Kunst, A
Cavaleiro das palavras, O ★
Cérbero, o navio do inferno 🕮☑⌗
Charadas para qualquer Sherlock
Chico, Edu e o nono ano
Clube dos Leitores de Histórias Tristes ✐
Com o coração do outro lado do mundo ■
Conquista da vida, A
Da matéria dos sonhos 🕮☑⌗
De Paris, com amor ❑◉★🕮⌘⊠⌗
De sonhar também se vive...
Debaixo da ingazeira da praça
Desafio nas missões
Desafios do rebelde, Os
Desprezados F. C.
Deusa da minha rua, A 🕮⌗○
Devezenquandário de Leila Rosa Canguçu ✈
Dúvidas, segredos e descobertas
É tudo mentira
Enigma dos chimpanzés, O
Enquanto meu amor não vem ●✐⌗
Escandaloso teatro das virtudes, O ✈☺
Espelho maldito ▼✐⌘
Estava nascendo o dia em que conheceriam o mar
Estranho doutor Pimenta, O
Face oculta, A
Fantasmas ⌗
Fantasmas da rua do Canto, Os ✐
Firme como boia ▼⌗○
Florestania ✐
Furo de reportagem ❑✪◉🕮⚐⌗
Futuro feito à mão
Goleiro Leleta, O ▲
Guerra das sabidas contra os atletas vagais, A ✐
Hipergame ✍🕮⌗
História de Lalo, A ⌘
Histórias do mundo que se foi ▲✐✪
Homem que não teimava, O ◉❑✪⚐○
Ilhados
Ingênuo? Nem tanto...
Jeitão da turma, O ✐○
Lelé da Cuca, detetive especial ☑✪
Leo na corda bamba
Lia e o sétimo ano ✐■
Luana Carranca
Machado e Juca †▼●☛☑⌗
Mágica para cegos
Mariana e o lobo Mall 🕮⌗
Márika e o oitavo ano ■
Marília, mar e ilha 🗐✍✐
Matéria de delicadeza ✐☛⌗
Melhores dias virão
Memórias mal-assombradas de um fantasma canhoto
Menino e o mar, O ✐
Miguel e o sexto ano ✐
Miopia e outros contos insólitos
Mistério mora ao lado, O ▼✪
Mochila, A
Motorista que contava assustadoras histórias de amor, O ▼●🗐⌗
Na mesma sintonia ⌗■
Na trilha do mamute ■✐☛⌗
Não se esqueçam da rosa ♠⌗
Nos passos da dança
Oh, Coração!
Passado nas mãos de Sandra, O ▼◉⌗○
Perseguição
Porta a porta ■🗐❑◉✐⌘⌗
Porta do meu coração, A ◆⚐
Primeiro amor
Quero ser belo ☑
Redes solidárias ◉▲❑✐⚐⌗
Reportagem mortal
romeu@julieta.com.br ❑🗐⌘⌗
Rua 46 †❑◉⌘⌗
Sabor de vitória 🗐⌗○
Sambas dos corações partidos, Os
Savanas
Segredo de Estado ■☛
Sete casos do detetive Xulé ■
Só entre nós – Abelardo e Heloísa 🗐■
Só não venha de calça branca
Sofia e outros contos ☺
Sol é testemunha, O
Sorveteria, A
Surpresas da vida
Táli ☺
Tanto faz
Tenemit, a flor de lótus
Tigre na caverna, O
Triângulo de fogo
Última flor de abril, A
Um anarquista no sótão
Um dia de matar! ●
Um e-mail em vermelho
Um sopro de esperança
Um trem para outro (?) mundo ✖
Uma trama perfeita
U'Yara, rainha amazona
Vampíria
Vida no escuro, A
Viva a poesia viva ●❑◉✐🕮⌗○
Viver melhor ❑◉⌗
Vô, cadê você?
Zero a zero

★ Prêmio Altamente Recomendável da FNLIJ
☆ Prêmio Jabuti
✻ Prêmio "João-de-Barro" (MG)
▲ Prêmio Adolfo Aizen - UBE
✍ Premiado na Bienal Nestlé de Literatura Brasileira
☛ Premiado na França e na Espanha
☺ Finalista do Prêmio Jabuti
♁ Recomendado pela FNLIJ
✖ Fundo Municipal de Educação - Petrópolis/RJ
✪ Fundação Luís Eduardo Magalhães
● CONAE-SP
⌗ Salão Capixaba-ES
▼ Secretaria Municipal de Educação (RJ)
■ Departamento de Bibliotecas Infantojuvenis da Secretaria Municipal da Cultura/SP
◆ Programa Uma Biblioteca em cada Município
❑ Programa Cantinho de Leitura (GO)
♠ Secretaria de Educação de MG/EJA - Ensino Fundamental
☛ Acervo Básico da FNLIJ
✈ Selecionado pela FNLIJ para a Feira de Bolonha
✐ Programa Nacional do Livro Didático
🕮 Programa Bibliotecas Escolares (MG)
✍ Programa Nacional de Salas de Leitura
🗐 Programa Cantinho de Leitura (MG)
◉ Programa de Bibliotecas das Escolas Estaduais (GO)
† Programa Biblioteca do Ensino Médio (PR)
⌘ Secretaria Municipal de Educação/SP
⊠ Programa "Fome de Saber", da Faap (SP)
⚐ Secretaria de Educação e Cultura da Bahia
○ Secretaria de Educação e Cultura de Vitória

COLEÇÃO JABUTI Vida

PORTA A PORTA

ROSEANA MURRAY
SUZANA VARGAS

Apreciando a Leitura

■ Bate-papo inicial

Duas amigas morando em lugares diferentes, levando uma vida diferente, mas no íntimo vivendo as mesmas questões, sonhando os mesmo sonhos. *Porta a porta* nos convida a conhecer Bárbara e Clara, duas adolescentes que, aprofundando-se no conhecimento uma da outra, vão se descobrindo e descobrindo o mundo: seus encantos, conflitos, desafios, encontros e desencontros, que, no fundo, são iguais para todos nós.

■ Analisando o texto

1. O espaço físico — o lugar onde se mora — determina em grande parte o ritmo do cotidiano. Quais as diferenças principais entre o espaço físico de Bárbara e o de Clara? E as diferenças do cotidiano?

R.: ____

____

____

____

____

____

2. a) Bárbara se queixava de não poder ter ou fazer muita coisa que sua amiga, longe da cidade grande, podia; em compensação, Clara sentia falta da cidade por alguns motivos. Descreva aqui o que faltava a cada uma.

R.: ____

____

____

____

b) E você, se pudesse escolher onde morar, o que preferiria? Computando vantagens e desvantagens, o que é melhor: a vida junto à natureza ou nas grandes cidades?

R.: ____

____

____

3. Também era diferente para as duas amigas a situação familiar. Descreva essas diferenças.

R.: ____

____

____

____

4. a) Em relação a sua situação familiar, Bárbara se queixava, baseando-se em seus argumentos; Clara, em geral, fazia um contraponto, isto é, através de um outro argumento, discordava da opinião de Bárbara. Lembrando-se do que leu, complete os esquemas a seguir:

Pesquisa

11. Pelo jeito, as duas amigas gostavam muito de poesia e literatura, em geral. Clara chega a citar alguns livros, entre eles *O mundo de Sofia*, de Jostein Gaarder; *Fruta no ponto*, de Roseana Murray; e *Confissões de adolescente*, de Maria Mariana. Todos eles têm muito a dizer aos jovens; procure conhecê-los. Você também gostará dos poemas de Mário Quintana!

12. Outros nomes são citados por Clara como "gente maravilhosa, inacreditável". Faça uma pesquisa e descubra quem são Chacal, Marcelo Rubens Paiva, Tony Belloto, o pessoal do Casseta e Planeta, Miguel Paiva e Arnaldo Antunes.

■ Redigindo

13. O livro terminou, mas a história das duas amigas não termina: pelo contrário, parece que muita coisa pode acontecer, principalmente depois do encontro das duas (ou dos quatro?). Coloque-se no lugar de uma delas (ou deles), escolha um destinatário e escreva-lhe uma carta, contando as novidades.

Linguagem

7. Assinale a alternativa que esteja mais de acordo com o livro:

a) A linguagem utilizada pelas autoras é extremamente formal, rebuscada, sem concessões ao coloquial. ( )

b) As autoras não se preocuparam com a linguagem, por isso deixaram passar muitos erros e gírias. ( )

c) Para dar maior veracidade às personagens, as autoras optaram por um registro informal, pontilhado por expressões coloquiais, gírias, típicas de adolescentes. ( )

8. "E na folha azul-clara
clara estava a cara de Clara"

Bárbara estava encantada com a sonoridade das palavras e criou esse poema, em que brinca com o nome da amiga, criando um jogo de palavras, um trocadilho. Invente você também um trocadilho como esse, usando o nome de Bárbara ou de qualquer colega seu.

R.:____

____

____

____

____

Diálogo entre textos

9. A história das duas amigas é narrada através de suas cartas e registros em diário (além de um telefonema). Muitos livros famosos também utilizaram esses recursos; um deles é *Os sofrimentos do jovem Werther*, uma obra-prima do século XVIII, escrita por Goethe. Outro é *O diário de Anne Frank*, escrito pela própria Anne Frank, uma garota que vivenciou os horrores da 2ª Guerra Mundial. Vale a pena conhecer esses livros!

10. Há também um filme muito original, em que as personagens só se conhecem através de uma correspondência que dura décadas: "Nunca te vi... sempre te amei" ("84 Charing Cross Road", EUA, 1987, direção de David Jones). É fácil encontrar o filme em locadoras.

Para qualquer comunicação sobre a obra, entre em contato:
SARAIVA Educação Ltda.
Avenida das Nações Unidas, 7221 – Pinheiros
CEP 05425-902 – São Paulo – SP – Tel.: (0xx11) 4003-3061
www.editorasaraiva.com.br

Escola: ______________________________

Nome: ______________________________

____

Ano: ______________ Número: ______________

• Opinião de Bárbara: é preferível pais separados.

Argumento: ______________________________

____

Contraponto de Clara: ______________________________

____

• Opinião de Bárbara: melhor seria ser filha única.

Argumento: ______________________________

____

Contraponto de Clara: ______________________________

____

b) Quanto às duas questões levantadas acima, reúna seus argumentos e dê sua opinião.

R.: ______________________________

____

____

5. As frases abaixo referem-se aos relacionamentos amorosos das duas amigas. Assinale V ou F, conforme as ideias estejam de acordo ou não com o livro:

a) Clara estava apaixonada por Hugo, seu professor de violão. ( )
b) Dani era o namorado de Bárbara, com quem ela terminou depois de certo tempo. ( )
c) Clara não se importava que Tom “ficasse” com outras meninas. ( )
d) Bárbara interessou-se pelos garotos do outro bloco, mas, quando os conheceu, ficou decepcionada. ( )
e) Clara soube perdoar a “mancada” de seu namorado. ( )

6. Complete, de acordo com o que você leu:

Bárbara queria ligar para Pablo, mas as amigas diziam ______________________________

____

Clara, no entanto, achava ______________________________

____

E, na minha opinião, ______________________________